Todos los libros de Linkgua Ediciones cuentan con modelos de Inteligencia Artificial entrenados por hispanistas. Pregúntale al chat de tu libro lo que desees acerca de la obra o su autor/a.

Para ebooks: Accede a nuestro modelo de IA a través de este enlace.

Para libros impresos: Escanea el código QR de la portada con tu dispositivo móvil.

Obtén análisis detallados de nuestros libros, resúmenes, respuestas a tus preguntas y accede a nuestras ediciones críticas generativas para una experiencia de lectura más enriquecedora.
La transparencia y el respeto hacia la autoría de las fuentes utilizadas son distintivos básicos de nuestro proyecto. Por ello, las respuestas ofrecen, mediante un sistema de citas, las fuentes con las que han sido elaboradas.

Juan Valera

El maestro Raimundico

Barcelona 2024
Linkgua-ediciones.com

Créditos

Título original: El maestro Raimundico.

© 2024, Red ediciones S.L.

e-mail: info@Linkgua-ediciones.com

Diseño de cubierta: Michel Mallard.

ISBN rústica: 978-84-96428-97-3.
ISBN ebook: 978-84-9897-948-0.

Sumario

Brevísima presentación

La vida

Juan Valera (18 de octubre de 1824, Cabra). España.

Era hijo de José Valera y Viaña, oficial de la Marina, y de Dolores Alcalá-Galiano y Pareja, marquesa de la Paniega. Tuvo dos hermanas, Sofía y Ramona y un hermanastro: José Freuller y Alcalá-Galiano.

Su padre vivió de joven en Calcuta y adoptó posiciones liberales. Por ello fue removido de su puesto. Tras la muerte de Fernando VII en 1834, el nuevo gobierno liberal fue rehabilitado y se le nombró comandante de armas de Cabra y después gobernador de Córdoba.

La madre se opuso a que Juan Valera siguiera la carrera militar. Este estudió Lengua y Filosofía en el seminario de Málaga entre 1837 y 1840 y en el colegio Sacromonte de Granada, en 1841. Luego estudió Filosofía y Derecho en la Universidad de Granada, donde se graduó en 1846.

En 1844 publicó primer libro de poemas. Leyó mucha poesía, y en particular a José de Espronceda, y a los clásicos latinos: Catulo, Propercio y Horacio. Hacia 1847 empezó a ejercer la carrera diplomática en Nápoles junto al embajador Ángel de Saavedra, duque de Rivas. Vuelto a Madrid, frecuentó las tertulias y los círculos diplomáticos a fin de conseguir un puesto como funcionario del Estado.

Así viajó por Europa y América. En Lisboa empezó su amor por la cultura portuguesa y el iberismo político. De regreso a España, empezó a escribir y publicar ensayos en 1853 en la *Revista Española de Ambos Mundos*; en 1854 fracasó en un intento de ser diputado, y por entonces estuvo en los consulados de España en Frankfurt y Dresde con el cargo de secretario de embajada.

Hacia 1857 se fue seis meses con el duque de Osuna a San Petersburgo; polemizó con Emilio Castelar en *La Discusión*, y escribió su ensayo *De la doctrina del progreso con relación a la doctrina cristiana*. Asimismo, tras ser elegido diputado por Archidona en 1858, escribió en numerosas revistas como redactor, colaborador o director.

El 5 de diciembre de 1867 se casó en París con Dolores Delavat, veinte años más joven y natural de Río de Janeiro, y tuvo tres hijos: Carlos Valera, Luis Valera y Carmen Valera, nacidos en 1869, 1870 y 1872.

Durante la Revolución española de 1868 fue un cronista de los hechos y escribió los artículos «De la revolución y la libertad religiosa» y «Sobre el concepto que hoy se forma de España».

Juan Valera fue elegido senador por Córdoba en 1872 y en ese mismo año fue director general de Instrucción pública; en 1874 publicó su obra más célebre, *Pepita Jiménez* y, en esa época, conoció a Marcelino Menéndez Pelayo, con quien hizo gran amistad.

En 1895 perdió casi por completo la vista, se jubiló y volvió a Madrid; allí publicó *Juanita la Larga* (1895), y *Morsamor* (1899); frecuentó diversas tertulias y tuvo una en su propia casa.

Valera fue elegido miembro de la Academia de Ciencias Morales y Políticas en 1904. Murió en Madrid el 18 de abril de 1905 y fue enterrado en la sacramental de San Justo.

Sus restos fueron exhumados en 1975 y llevados al cementerio de Cabra.

El maestro Raimundico

I

En varios tratados de Economía política he visto yo una cuenta, de la que resulta que la industria de los zapateros en Francia ha producido desde el descubrimiento de América hasta hoy seis o siete veces más riqueza que todo el oro y la plata que han venido a Europa desde aquel nuevo e inmenso continente. Esto me anima, sin recelo de pasar por inventor de inverosímiles tramoyas, a hablar aquí del maestro Raimundico.

Haciendo zapatos empezó a ser rico; acrecentó luego su riqueza dando dinero a premio, aunque por ser hombre concienzudo, temeroso de Dios y muy caritativo, nunca llevó más de 10 por 100 al año; después fundó y abrió una tienda o bazar, donde se vendía cuanto hay que vender: azúcar, café, judías, bacalao, barajas, devocionarios, libros para los niños de la escuela y toda clase de tejidos y de adornos para la vestimenta de hombres y mujeres. El maestro se fue quedando también con no pocas fincas de sus deudores, y llegó a ser propietario de viñas, olivares, huertas y cortijos.

Ya no esgrimía la lezna, ni se ponía el tirapié, ni se ensuciaba los dedos con cerote; pero fiel a su origen, conservaba la zapatería, donde trabajaban expertos oficiales, discípulos suyos. El magnífico bazar estaba contiguo. Y junto a la zapatería y al bazar podía contemplarse la revocada y hermosa fachada de su casa, situada en la calle más ancha y central del pueblo. A espaldas de esta casa y en no interrumpida sucesión, había patios, corrales, caballerizas, tinados, bodegas, graneros, lagar, molino de aceite, y en suma, todo cuanto puede poseer y posee un acaudalado labrador y propietario de Andalucía. La puerta falsa, que daba ingreso a estas dependencias agrícolas, pudiera decirse que estaba extramuros del pueblo, si el pueblo tuviera muros, mientras que la puerta principal, según queda dicho, estaba en el centro.

El maestro Raimundico nunca había querido comprometerse ni mezclarse en política; pero de súbito acababa de cambiar. Se había hecho fusionista y había consentido en ser jefe de aquel partido político y alcalde en Villalegre.

Era viudo hacía ya quince años. Y hacía cerca de siete que tenía a su único hijo, don Raimundo Roldán de Cadenas, estudiando o paseando y holgando en Madrid, pues sobre este punto difieren no poco los autores. Difieren asimismo sobre la causa de la larga y no interrumpida ausencia del hijo, atribuyéndola unos a la viudez más alegre que recoleta del padre, para la cual hubiera sido estorbo o escándalo la presencia del hijo, y atribuyéndola otros al despego y a la soberbia de éste, que vivía en Madrid como caballerito muy elegante e ilustre que hablaba de su casa solariega y que repugnaba volver al lugar a ver la plebeya ordinariez de su padre y, la primitiva y fundamental zapatería, tenazmente conservada.

Como quiera que ello fuese, don Raimundo se daba en Madrid tono de muy hidalgo, y su gentil presencia, su elegancia en el vestir y el dinero que solía gastar con rumbo, prestaban a su hidalguía no corto crédito. Él era, además, robusto y ágil en todos los ejercicios del cuerpo, gran tirador de pistola, florete y sable, buen jinete, mejor bailarín y muy divertido, ocurrente y chistoso. Tenía multitud de amigos y estaba en Madrid como el pez en el agua.

Hacía muy poco que se había graduado de doctor en Jurisprudencia, y había enviado a su padre la tesis doctoral. El padre leyó con suma atención las cuatro o cinco primeras páginas, pero no entendió palabra, se mareó y dejó la lectura. Y como era muy escamón, se puso a cavilar entonces sobre si el no entender aquello sería culpa de su ignorancia, o si sería, según frase de Cánovas, que hasta aquel lugar había llegado porque su hijo era un tonto adulterado por el estudio, o si sería porque no había habido tal estudio ni tal adulteración, sino porque el chico había estudiado poquísimo y, para disimularlo había llenado su discurso de frases huecas, fiado en su audacia y en la simplicidad de muchas personas que lo que no entienden es lo que más admiran.

De todos modos, corregido ya el maestro Raimundico, morigerado por la ancianidad, reverdeciendo en su corazón el amor paternal sobre los restos de otros ya muertos y menos santos amores, y tal vez proyectando que el muchacho, que había cumplido veinticinco años, ganase popularidad y simpatías en el distrito para que fuese elegido diputado, le mandó llamar con términos harto imperativos hasta dejando de enviarle dinero, que era el medio más eficaz de que podía valerse.

Don Raimundo, pues, no pudo menos de obedecer. Complació a su padre, vino a Villalegre y se halló en Villalegre muy a gusto.

Para que se vea la sinceridad de su contento y el placer y la satisfacción que en el lugar tenía, vamos a poner aquí una circunstanciada carta que al mes de estar en Villalegre escribió don Raimundo a su mejor amigo de Madrid. La carta decía como sigue:

II

«Mi querido Pepe: Muy a despecho mío vine por aquí para
no rebelarme contra los mandatos de mi señor padre; pero
te declaro con franqueza que ahora me alegro en el alma
de haber venido. Este lugar es lindísimo; los fértiles cam-
pos que le rodean hacen un paraíso de sus cercanías, y sus
habitantes son amenos y regocijados. Yo aquí me divierto
la mar. Y no solo me divierto, sino que, ¿por qué no he de
confesártelo?, me siento como nunca me sentí en Madrid,
perdidamente enamorado de una mujer. Pero ¡qué mujer,
chico! Es un encanto, un prodigio de bonita. Y no sé decir
si por desgracia o por fortuna, de la más pasmosa severi-
dad de costumbres. La llaman el Sol de Tarifa, porque de
aquella ciudad salió ella como el Sol por Oriente. Tal es su
apodo significativo. Su verdadero nombre es doña Marcela
Gutiérrez de los Olivares, por ser viuda del teniente de la
clase de sargentos, del mismo apellido, muerto en Cuba un
año ha, a manos de los insurrectos. Llora ella aún a su di-
funto marido, con cuya tía, doña Pepa, vive en este lugar en
ejemplar recogimiento, y desdeña y rechaza al enjambre de
galanes que la pretenden. Tremendo es uno de ellos por su
obstinación y ferocidad. Es su nombre Currito el Guapo, y
es hermano de la estanquera, mujer también de notable mérito, muy joven aún y famosa por su hermosura y gallardía.
Currito, tan celoso de su honra como los galanes de Cal-
derón en las comedias de capa y espada, no consiente que
nadie requiebre a la estanquera si no viene con la buena fin.
Y aplicando este modo de proceder de su casa a la ajena y
de su hermana a su pretendida novia, no consiente tampoco
que nadie se acerque a doña Marcela, ni le diga chicoleos,

celándola de suerte, que ella vive aislada, porque Currito tiene metidos en un puño a casi todos los mozos del lugar. Navaja en mano es tremendo, y ya que no quiera por piedad abrir a nadie una gatera en el vientre, lo que es para pintar un jabeque en la cara al propio lucero del alba, no tiene el menor escrúpulo si se enoja. Doña Marcela está con esto que trina, porque gusta de ser desdeñosa, sin que el desdén parezca forzado, y porque no acepta la tutela, o mejor dicho, el cautiverio en que galán tan crudo la tiene.

»A fuerza de oír tales cosas, pues no es otro el principal asunto de las más frecuentes conversaciones de por aquí, pronto comenzó a hervirme la sangre contra la insolencia de Currito el Guapo. Me entraron ganas de libertar de su cautiverio a doña Marcela. Y crecieron mis ganas, y se hicieron irresistibles cuando vi, primero en la iglesia y después en la feria, a la recatada y joven viuda, con quien quise timarme, como decimos por ahí; pero, por lo pronto fue en balde mi conato, porque, sin duda, no lo consentían la modestia y la honestidad de la dama. ¿Qué no logran, sin embargo, la terquedad y la audacia de un mozo como yo, curtido en toda clase de aventuras y acostumbrado a los más peligrosos lances de amor y fortuna? Doña Marcela me miró al fin con mal disimulada complacencia; yo le hablé, valiéndome de la tía Pepa, que desde niño me conoce, y, al fin, logré que, en una de estas últimas noches, que fue de las más calurosas del verano, doña Marcela saliese a la ventana a tomar el fresco.

»Me hice como por casualidad el encontradizo y me puse a hablar con ella. No vayas a creer que es ninguna palurda. Culta y discretísima es su conversación. Y no solo habla buen castellano, si bien con un gracioso dejo tarifeño, sino que se explica corrientemente en inglés, por haber estado algún tiempo en Gibraltar, cuando era ella mocita soltera, acompañando a su padre, que iba allí para asuntos de comercio. Pero aquí entra lo trágico. Embelesado y engolfado estaba yo charlando con doña Marcela, a ratos en andaluz y a ratos en inglés, cuando la temerosa aparición de Currito el Guapo vino a interrumpir nuestro palique.

»—¡Huya usted, por Dios! —exclamó ella con voz trémula y llena de susto—. Ahí viene ese monstruo que, sin que yo le haya dado motivo, es en este lugar el tirano de mi vida. Sálvese usted, caballero. Currito viene navaja en mano y puede escabechar a usted en un santiamén. Como es loco frenético, no repara en nada. No es cobardía, sino prudencia, escapar de ese forajido.

»Ya te harás cargo, Pepe, de que yo no hice caso ninguno de aquellas medrosas exhortaciones. Me enredé la capa en el brazo izquierdo y saqué de la vaina una larga y recta espada de caballería que llevaba a prevención conmigo. Currito no se arredró por eso, sino que cayó sobre mí, ora agachándose, ora dando brincos, ora acometiéndome por un lado, ora por otro. Por dicha, y si he de decir la verdad, yo sospecho que él no tenía gana de herirme, sino de asustarme. Y como yo también tenía más ganas de asustarle que de herirle, aquella a modo de danza, duraba ya demasiado y se hubiera hecho interminable, a no ser por los gritos que daba doña Marcela pidiendo socorro.

»Los gritos no fueron inútiles. Aunque ya era tarde, acudieron muchos vecinos y bastantes mozos que andaban de ronda, y Currito y yo nos vimos forzados a poner término a nuestro descomunal combate, envainando yo la espada sin ensangrentar todavía, y doblando él su truculenta navaja, que era de virola y golpetillo, y produjo al cerrarse ruido muy temeroso.

»Allí intervinieron y mediaron en nuestra contienda las personas de más respeto, que habían acudido y que en torno nuestro formaban corro, y casi nos obligaron a echar pelillos a la mar, a hacer las amistades y a convertir las casi homicidas manos en cariñosas, enlazándolas y apretándolas generosamente.

»Desde entonces veo y hablo por la reja de doña Marcela todas las noches, sin que Currito me perturbe. Y doña Marcela se me muestra agradecidísima por haberla yo libertado de aquel espantajo o bú que sin querer ella la defendía como el dragón en Las tres toronjas del vergel de amor y en otros cuentos de hadas.

»No imagines por eso que estoy más adelantado en mis pretensiones. La virtud de doña Marcela es más firme que una roca, aunque para mi amor más que roca es lata. Erre que erre está ella siempre, volviendo por su honor, también como las damas calderonianas, por donde me temo que voy a sufrir constantemente el suplicio de Tántalo, o voy a tener que hacer la barbaridad o digamos la plancha de acudir al cura. Porque, eso sí, doña Marcela tiene poquísimo dinero, pero lo que es en punto a conducta, ni las lenguas más maldicientes, y no son pocas las de este lugar, se atreven a decir nada contra ella ni a empañar con ponzoñoso aliento el terso y limpio espejo de su fama.»

Este era el contenido de la epístola, salvo los saludos y cumplimientos de costumbre, que en obsequio de la brevedad se omiten.

III

Se cuenta que el maestro Raimundico era escéptico por naturaleza, dudaba mucho de todo y apenas se decidía a formar juicios sin examinar antes detenidamente las cosas y enterarse bien de ellas. Sobre su hijo hacía tiempo que tenía su juicio en suspenso, sin decidir si el chico era discreto o tonto. Tratar de ponerlo en claro era uno de los propósitos que tuvo al llamarle al lugar. Desde que estaba en él, le espiaba, le estudiaba y le seguía recatadamente los pasos. Prevalido además de su posición de alcalde, interceptó la carta que acabamos de poner aquí, la abrió y la leyó. El maestro se desconsoló con aquella lectura e imaginó que al chico le faltaban por lo menos dos o tres tornillos en la cabeza. Doña Ramona, hermana del maestro y viuda del pellejero, quería mucho al chico, de quien había cuidado en la niñez, y sostenía que su candor no debía calificarse de simplicidad, sino de exceso de imaginación poética. Una vez cortados los vuelos de esta imaginación, el chico, según doña Ramona, sería apto para todo, se abriría camino y subiría como la espuma.

—Cortemos, pues, los vuelos de la imaginación del chico —dijo para sí el maestro—, y mostrémosle la realidad tal cual es.

Después de haber recapacitado, formado su plan y hecho los convenientes preparativos para realizarle, el maestro, a solas una noche con su hijo en la principal sala alta de la casa, al toque de ánimas, le habló de este modo:

—Mira, Raimundo: tú eres hijo de un zapatero y no puedes ni debes presumir de aristócrata; pero no conviene tampoco que por seguir ciertas opiniones, muy de moda en nuestros días, te des a creer que las almas heroicas, el semillero de las virtudes y de las proezas y los corazones donde brota el germen de los más nobles sentimientos, se hallan en las tabernas y en los presidios, y que la educación esmerada más bien agosta y comprime que desenvuelve tan excelentes facultades. Quien piensa así es lo contrario de progresista, ya que debe entender que nada conduce mejor a la virtud que retroceder al estado selvático. Tu padre, con su zapatería hubiera entonces contribuido no poco a la corrupción humana, porque los hombres calzados deben de ser mil veces más perversos que los descalzos. Pero no quiero aturrullarme. Ya no sé lo que te digo. Discursos, pues, a un lado. Y así, en vez de abrir los oídos para oírme, abre bien los ojos para ver lo que ocurra en la tertulia que voy a tener aquí, echando una cana al aire y renovando esta noche, por extraordinario, mis retozonas costumbres de otros días.

Doña Ramona, hermana del alcalde y viuda como él, fue la primera que se presentó en la sala. Tres años hacía que había muerto su esposo el pellejero, pero la fabricación, la recomposición y el despacho de corambres seguían más florecientes que nunca, si bien en aquellos últimos meses había surgido y continuaba una crisis en los asuntos de doña Ramona. Currito el Guapo, su más aventajado oficial, hábil como nadie en remendar y zurcir cueros, y sobre todo en poner botanas, se había despedido de casa de la maestra, y se había lanzado en la vida heroica del jaque, buscando aventuras y aterrando a toda la gente pacífica de la población. Naturalmente la pellejería de doña Ramona se resentía ya y empezaba a perder crédito y marchantes con la retirada de Currito.

Las malas lenguas del lugar daban por causa de esta retirada el sobrado empeño de Currito en vigilar y celar a doña Ramona, aislándola de todo pretendiente, y el amor de ésta a la libertad y su indómito aborrecimiento a todo linaje de tutela. Currito salió, pues, de su casa como de estampía; y, según hemos visto, se puso a ejercer su misión avasalladora y morigeradora de mujeres, en defensa y custodia de su hermana la estanquera y del resplandeciente Sol de Tarifa, de quien estaba o aparentaba estar enamorado. Se sonaba, no obstante, en el lugar que el verdadero objeto del amor de Currito era la maestra doña Ramona, la cual no había cumplido aún cuarenta años, estaba colorada y sana, y por los bríos y robustez de sus frescas y apretadas carnes era una bendición de Dios y daba gloria verla. Recelaba la gente que los amores de Currito por el Sol de Tarifa eran fingidos o por lo menos fruto de anterior despecho amoroso, y que estos amores ponían la mira, más o menos conscientemente, en dar picón a doña Ramona.

La segunda persona que acudió a la tertulia fue el ciego organista, don Antonio, a par que gran músico y maestro en el órgano, hábil tocador de guitarra, así rasgueando como de punteo.

El Sol de Tarifa entró poco después en la sala, seguida de la tía Pepa. Y vinieron por último, y según vulgarmente se dice, con este melón se llenó el serón, Currito el Guapo, acompañado de Rosita la estanquera, su linda hermana.

No había ni vinieron más convidados, porque el alcalde quiso que su tertulia fuese aquella noche de lo más íntimo, selecto y cremoso que en el lugar podía imaginarse. La sala, sin embargo, resplandecía como un ascua de oro, porque estaba iluminada con tres magníficos velones de Lucena de a cuatro mecheros cada uno y con algunas velas de cera que ardían en los candeleros de media docena de hermosas cornucopias, colgadas en las paredes sobre el rojo damasco que las tapizaba.

El maestro Raimundico sabía vivir y vivía con todo el boato y la pompa que conviene a un señor lugareño. Y ya se presentía por ciertos indicios y hasta se olfateaba y casi se mascaba, merced al grato tufillo y a los vapores crasos que a través de pasadizos llegaban desde la cocina a la sala, que aquella noche iba a haber allí pavo en arrope, y no solo refrescanda, sino papandina también, y de lo más delicado y costoso.

IV

El maestro Raimundico había leído no pocos periódicos y algunos libros, iniciándose en varias ciencias morales y políticas, y sobre todo en una novísima, que las comprende casi todas, y que se llama Sociología. Mas no por eso presumía de orador, de sabio o de hombre de consejos. Su orgullo se cifraba en ser hombre de acción y completamente práctico. No aseguraré yo que él hubiese leído los Ensayos de lord Macaulay, aunque me parece que hay de ellos versión castellana; pero, si no los había leído, su mérito era mayor, pues coincidía con el positivista noble Lord en uno de sus más singulares pensamientos. Séneca había compuesto un elocuentísimo discurso contra la ira, lo cual de nada sirvió, ya que no se sabe de sujeto alguno que haya dejado de ponerse iracundo y de hacer mil barbaridades, convencido y corregido por los razonamientos de Séneca. Y como no se sabe que nadie haya ido con zapatos sin que los haya hecho algún zapatero, así el Lord como el maestro Raimundico inferían, con juiciosa dialéctica, que es más útil que Séneca, en toda sociedad humana, el más humilde de los zapateros. El maestro Raimundico, por consiguiente, como era o había sido zapatero y como nunca había sido humilde, se estimaba en mucho más que Séneca, sobre todo en lo tocante a utilidad y arte de la vida.

Despreciaba o aparentaba despreciar la oratoria; pero, sin darse cuenta de ello, y dejándose arrebatar de sus convicciones, echaba a menudo discursos, si bien más que floridos, enérgicos y breves.

Veamos ahora lo que dijo a Currito el Guapo, hallándose presentes las demás personas que hemos enumerado:

—Tu modo de proceder, amigo Currito, me tiene ya harto, y como soy alcalde no he de consentir que siga. Nadie te ha dado el encargo de vigilar y de celar a las muchachas y de hacer el papel, navaja en mano, de Catón Censorino. Ya sabes tú que yo pertenezco al partido liberal, que gusta ahora de la autonomía y la concede a varias provincias de Ultramar. Considera, pues, si no quieres enojarme, a tu hermana Rosita y a mi señora doña Marcela, y déjalas, autónomas, o sea, en completa, libertad de hacer cuanto se les antoje. Solo así y no por violencia, miedo o tutela constante, tendrá verdadero mérito que resplandezcan en ellas la entereza y la persistencia con que mantienen su inmaculada virtud, defendiéndola de todos los ataques y asechanzas de los galanes seductores. Si ellas quieren de verdad que no entre en sus dominios contrabando ni matute, no es menester que tú asustes ni que mates a los contrabandistas y matuteros. Y si ellas quieren contrabando o matute le habrá aunque mates a docenas a los matuteros y contrabandistas. No puede ser el guardar a una mujer, ha dicho no sé qué sabio, y con sobrada razón a lo que entiendo. En suma, aunque el sabio no tuviera razón ni yo tampoco, yo tengo aquí la autoridad y la fuerza, que para el caso importan más que la razón, y te declaro que si continúas amedrentando a la gente, a mí no me amedrentas, y te empapelo, y si me empeño te envío a Ceuta o a Melilla para que allí luzcas tu valor matando moros. Si eres tan animoso, ¿por qué no te vas a Cuba o a Filipinas a espantar y a vencer a los rebeldes en vez de espantar al pacífico vecindario que yo gobierno ahora?

—Yo, maestro, me hallo bien en este lugar, y maldita la gana que tengo de ir a Cuba o a Filipinas. Conque así, no me amenace usted, que ya procuraré enmendarme. De todos mis furores tiene la culpa la penilla negra, y de la penilla negra que hay en mi corazón, bien me sé yo quién tiene la culpa.

Aquí intervino doña Ramona y dijo:

—Ea, hermano, déjate, de sermones, que aquí no hemos venido a sermonear, sino a divertirnos. Ya se enmendará Curro y se pondrá más suave que un guante. Don Antonio, rasguee usted esa guitarra y que bailen el fandango estas niñas. Currito tiene buena voz y mejor estilo y cantará las coplas.

No fue menester decir más. El organista tocó un fandango estrepitoso.

Doña Marcela y Rosita bailaron con gracia y primor, repiqueteando las castañuelas.

El maestro Raimundico, la tía Pepa y doña Ramona batieron palmas. Fue tal el estruendo que armaron que no parecía que hubiese siete, sino setecientas personas.

Cuando las palmas y las castañuelas cesaron y solo sonó la guitarra, Currito cantó con voz sentimental y suave la copla siguiente:

Átame con un cabello
a los palos de tu cama,
y aunque el cabello se rompa
no hay miedo que yo me vaya.

Mostró Currito al cantar inspiración tan amorosa y miró con ojos tan de carnero a medio morir a doña Ramona, que estaba sentada cerca de él, que doña Ramona no acertó a dominarse por más tiempo; sintió que se derretía y hasta que se evaporaba el hielo de sus desdenes; y, desechando sus propósitos de resistencia y echando a rodar hasta cierto punto su señoril o magistral recato, dijo dirigiéndose a Currito:

—Vamos, hombre, si al fin ha de ser, no quiero molestarte más. Mejor es vergüenza en rostro que mancilla en corazón. No te ataré con un cabello, pero voy a atarte con este hilo de la lana con que, sin que tú lo supieses, te estaba haciendo calcetines y pensando en ti, ¡ingratón, prófugo, arrastrado!

Doña Ramona sacó entonces de la faltriquera de su delantal un enorme ovillo de lana parda, que allí tenía, desenvolvió un par de metros, hizo un lazo corredizo y se le echó a Currito cogiéndole por el pescuezo y teniéndole por el otro extremo a modo de brida.

Aplaudieron todos que al fin se hubiera humanado la maestra y aplaudieron más aún que, en virtud de nuevas declaraciones y promesas de Currito, se reconociese y se proclamase allí la autonomía de Rosita y de doña Marcela. Para solemnizarla, ambas niñas bailaron unas sevillanas con notable garbo y maestría.

Tres doncellas de la servidumbre del maestro Raimundico, las tres muy aseadas y graciosas, sirvieron luego la cena en el comedor contiguo.

En Villalegre se vive aun a la antigua usanza. Todos los vecinos acomodados comían la sopa y el puchero a las dos de la tarde. No se ha de extrañar, por consiguiente, que los asistentes en la tertulia tuviesen voraz apetito a eso de las once de la noche en que se sirvió la cena.

En ella hubo lomo de cerdo en adobo, conservado en manteca, semejante a líquidos rubíes por el color rojo que le prestaba el aliño. Hubo también pavo asado y boquerones; exquisito vino de los Moriles; y, para postres, frutas y piñonate. Por último, como apéndice y complemento de festín tan opíparo, chocolate con hojaldres, mostachones y bizcotelas.

El festín fue todavía más regocijado y alegre que suculento, prolongándose hasta las dos de la madrugada.

Como despedida, quiso el maestro Raimundico poner el sello y dar la conveniente firmeza a lo que allí se había concertado. Impuso silencio y habló de esta suerte:

—Yo tengo en Chinchón un excelente amigo, llamado don Arturo González, el cual es tan profundo sociólogo como hábil fabricante o cosechero de aguardiente de anís doble. De este producto suyo me ha enviado algunas botellas, en cuyo marbete, que hoy se llama etiqueta, se lee con asombro: Espíritu-Sociológico o líquido altruista. Yo he querido competir con mi amigo don Arturo, y sin robarle su marca registrada he hecho aguardiente de anís doble también, que es tan altruista y tiene un espíritu tan sociológico como el suyo. Estas muchachas traerán en sendas bandejas copas y aguardiente de Villalegre y de Chinchón. Cada uno de nosotros se beberá dos copitas, una de cada clase, dirá cuál le parece mejor, y brindará luego, así por el futuro consorcio de mi hermana y de Currito el Guapo, como por la gloriosa autonomía y plena libertad de Rosita y de doña Marcela.

En efecto, trajeron el aguardiente, y cada uno bebió dos copas. Los pareceres se dividieron. Hubo quien votó por Chinchón, y hubo quien votó por Villalegre; pero, como cada cual bebió por lo menos segunda copa del aguardiente que le pareció mejor, el resultado vino a ser que salieron a tres o cuatro copas por barba.

Todo fue luego regocijo y afecto mutuo, y quedó demostrado que ambos aguardientes eran altruistas y estaban dotados de igual espíritu sociológico.

Entonces el cortesano don Raimundo, merced a varios evidentes indicios, no tardó en convencerse de que la virtud de doña Marcela no era cosa del otro jueves, ni con autonomía, ni sin autonomía.

Pocos días después se volvió don Raimundo a la corte, convencido ya de que los inocentes idilios no son más fáciles que en ella en los más rústicos y apartados lugares. En la corte se olvidó pronto de doña Marcela, puso la mira en distinguirse como personaje político, logró salir diputado, y hay quien asegura que es hombre de gran porvenir, que llegará a ser Director General, Embajador o Ministro, y que al cabo el Gobierno español, o cuando no el pontificio, le concederá el título de conde de Cartabón o de Hormabella.

Doña Marcela, reconociendo que Villalegre es mezquino recinto para sus expansiones y propósitos, se ha ido a Tarifa, su patria, y desde Tarifa ha pasado a Gibraltar, cuya reconquista tal vez haga. Lo cierto es que así como a los Escipiones y a otros héroes de la antigua Roma, los apellidaron el Africano, el Numantino, el Británico y el Germánico, según la ciudad de que se habían apoderado o según la nación que habían subyugado, a ella, sin dejar de ser nunca el Sol de Tarifa, la apellidan la Gibraltareña, y como tal es famosa y celebrada en las cinco partes del mundo.

Rosita se ha distinguido y ha prosperado menos desde que es autómata; pero tampoco se duerme en pajas. Sigue con el estanco, y por comprarle tabaco, hasta los que antes no fumaban, ya fuman, y la Tabacalera hace en Villalegre doble o triple negocio. Por comprarle sellos de Correos no hay villalegrino que no escriba hoy más cartas de las que solía escribir. Y por último, Rosita vende tanto papel sellado que es una maravilla. Para explicarla racionalmente, hay quien da por seguro que ella no recibe ni acepta declaración alguna amorosa si no viene escrita en folios de a peseta.

Entretanto doña Ramona y Currito, convertido ya en maestro, son cada día más venturosos y prosperan mucho haciendo y, vendiendo corambres. No sabemos cómo se las compone Currito, pero es el caso que nunca sabe a pez el vino que se echa en sus odres; que hace botas lindísimas; y que también construye otra clase de cueros muy a propósito para llevar en ellos aceite a las Alpujarras, porque los mangurrinos, que así llaman en Villalegre a los alpujarreños, no producen aceite. En cambio producen miel de caña o de prima, de la cual miel llenan los arrieros los odres en que llevaron el aceite, y la traen a la provincia de Córdoba. Esta miel hace las delicias de las golosas lugareñas cordobesas, que la sacan del plato a pulso empapando en ella pedacitos de pan, y luciendo así las lindas manos con los deditos engarabitados en forma de cresta de gallo.

No acierto a decidir qué lección moral pueda sacarse, ni qué tesis pueda probarse, en vista de los sucesos que he referido. Diré, pues, sencillamente, que cada cual saque la lección moral o pruebe la tesis que se le antoje, o no saque lección moral ni pruebe tesis alguna, con tal de que no se fastidie demasiado leyéndome.

Madrid, 1893

Libros a la carta

A la carta es un servicio especializado para
empresas,
librerías,
bibliotecas,
editoriales
y centros de enseñanza;
y permite confeccionar libros que, por su formato y concepción, sirven a los propósitos más específicos de estas instituciones.

Las empresas nos encargan ediciones personalizadas para marketing editorial o para regalos institucionales. Y los interesados solicitan, a título personal, ediciones antiguas, o no disponibles en el mercado; y las acompañan con notas y comentarios críticos.

Las ediciones tienen como apoyo un libro de estilo con todo tipo de referencias sobre los criterios de tratamiento tipográfico aplicados a nuestros libros que puede ser consultado en Linkgua-ediciones.com.

Linkgua edita por encargo diferentes versiones de una misma obra con distintos tratamientos ortotipográficos (actualizaciones de carácter divulgativo de un clásico, o versiones estrictamente fieles a la edición original de referencia).

Este servicio de ediciones a la carta le permitirá, si usted se dedica a la enseñanza, tener una forma de hacer pública su interpretación de un texto y, sobre una versión digitalizada «base», usted podrá introducir interpretaciones del texto fuente. Es un tópico que los profesores denuncien en clase los desmanes de una edición, o vayan comentando errores de interpretación de un texto y esta es una solución útil a esa necesidad del mundo académico.

Asimismo publicamos de manera sistemática, en un mismo catálogo, tesis doctorales y actas de congresos académicos, que son distribuidas a través de nuestra Web.

El servicio de «libros a la carta» funciona de dos formas.

1. Tenemos un fondo de libros digitalizados que usted puede personalizar en tiradas de al menos cinco ejemplares. Estas personalizaciones pueden ser de todo tipo: añadir notas de clase para uso de un grupo de estudiantes, introducir logos corporativos para uso con fines de marketing empresarial, etc. etc.

2. Buscamos libros descatalogados de otras editoriales y los reeditamos en tiradas cortas a petición de un cliente.

www.ingramcontent.com/pod-product-compliance
Lightning Source LLC
Chambersburg PA
CBHW020612130626
46552CB00007B/3163